诵读 蒙古学经典

SONGDU
MENGGUXUE JINGDIAN

— 刘秉政 / 编著 —

6

内蒙古人民出版社

图书在版编目(CIP)数据

诵读·蒙古学经典.6 / 刘秉政编著. -- 呼和浩特：内蒙古人民出版社，2020.11
ISBN 978-7-204-16431-8

Ⅰ．①诵… Ⅱ．①刘… Ⅲ．①蒙古族－少数民族文学－作品综合集－中国 Ⅳ．① I291.2

中国版本图书馆 CIP 数据核字（2020）第 178618 号

诵读·蒙古学经典·6

作　　者	刘秉政
策划编辑	贾睿茹
责任编辑	贾睿茹
封面设计	宋双成
封面插画	孙　强
内文插画	杨乌日嘎　王　焱　陈利鑫
出版发行	内蒙古人民出版社
地　　址	呼和浩特市新城区中山东路 8 号波士名人国际 B 座 5 楼
印　　刷	内蒙古爱信达教育印务有限责任公司
开　　本	787mm×1092mm　1/16
印　　张	6.5
字　　数	90 千
版　　次	2020 年 11 月第 1 版
印　　次	2020 年 11 月第 1 次印刷
印　　数	1—2000 册
书　　号	ISBN 978-7-204-16431-8
定　　价	26.00 元

如发现印装质量问题，请与我社联系。联系电话：（0471）3946120
网址 http://www.impph.com

序

中华文化源远流长、历久不衰，在世界文化中独树一帜。造就这种独特而伟大的文化发展现象的原因之一，就在于它多元一体、和而不同的内在建构。在这个内在建构中，作为草原文化的重要组成部分——蒙古族文化是其不断演进、发展的重要动力源泉之一。

在长达千年的历史长河中，这个被称为"马背上的民族"创造了并至今还在创造着光耀千古、气势恢宏的历史文化，源源不断地将一个民族的伟大精神以璀璨绚丽的音乐、舞蹈、绘画、科技、军事、哲学思考、文艺作品、历史典籍等形式投射到长生天不朽的时空幕布上，直至凝铸成中华文化之星座，汇聚成世界文化之星系。

蒙古民族曾以美丽的牧歌走向世界，以恢宏的征战走向世界，以难以企及的国家版图走向世界，更以浩如烟海的历史文化艺术典籍走向世界！

荟萃草原文化精华的《成吉思汗箴言》与《论语》同为闪烁着哲人智慧光芒的人类宝贵的精神财富。

《格萨尔王》《江格尔》等草原民族的英雄史诗是蒙古民族重要的精神图腾，是"一个民族精神标本的展览馆"，将"处于英雄时代具有原始新鲜活力的全部民族精神都可以表现出来",为我国在世界史诗领域赢得了崇高的地位。

被誉为"草原《史记》"的《蒙古秘史》将神话传说、英雄史诗、祝词、赞词、民歌等诸种传统的民族文学体裁有机地融合在对历史的记述之中,创造了历史文学体裁的新形式。

作为草原民族法典代表作的《大札撒》则是一座里程碑,引导蒙古民族跨入法治社会。在世界法制史上,它与中原农耕民族的法典代表作《大秦律》、欧洲的《罗马十二铜表法》、古代巴比伦的《汉谟拉比法典》一样,都代表了人类法制建设划时代的历史跨越……

蒙古族世界级的经典又何止于此!

文化兴则国运兴,文化强则民族强。夺取新时代中国特色社会主义伟大胜利,实现民族伟大复兴,必须坚定文化自信,大力继承与发扬灿烂的民族文化。草原文化从来不是一个封闭的系统,它具有强烈的开放性、包容性与接纳性。它鲜艳,鲜活,虽发端遥远,却历久弥新。它的文化精神内核可简要归纳为:质朴天然、本性纯真,奋发进取、自强不息,自由开放、热爱自然,尊信重义、崇尚英雄等。以上特质与当今的时代精神和全球背景下的人文价值诉求高度契合,是拈来即可应用的人类文化瑰宝。

2019年8月16日,习近平总书记在内蒙古大学考察时,仔细察看了蒙古族的经典馆藏,听取了关于蒙古族历史文化的讲述。这充分体现了总书记对民族文化和民族教育的重视。习总书记曾讲："年轻人是实现第二个百年奋斗目标的骨干和栋梁。"因此，对我区青少年学生的民族教育要从小抓起，使其循序渐进地接触、了解蒙古学的知识，形成正确的世界观、人生观、价值观。当今，有关国学经典诵读的著述早已数不胜数，而蒙古学经典读物尚属凤毛麟角，即使有，也略显简单化、平面化，远不能体现作为经典的巨大教化作用。

基于此，我们编纂了这部《诵读·蒙古学经典》丛书。这套书以社会主义核心价值观的"富强、民主、文明、和谐，自由、平等、公正、法治，爱国、敬业、诚信、友善"十二项内容为基本精神遵循，又细化为多个人类优秀品格、素质、规范等，再从浩瀚的蒙古学经典著作中遴选、整理与以上原则相对应的，适合青少年诵读学习的箴言、谚语、史料、律条、神话传说、历史故事等作为文本内容，系统涵盖了智育、德育、美育等教育范畴，以及政治、经济、文化、科学、军事、伦理、艺术、生态、教育等多个领域。延伸阅读部分又辅之以大量传统国学经典与之相呼应，凸显了草原文化是中华文化不可分割的一部分，是与中原文化长期碰撞、交流、吸收、融合的结果。这套书按年级从低到高共分6部，主题鲜明，内容翔实，形式多样，文字生动，是少年儿童学习民族文化的理想阶梯，奠定道德精神大厦的坚固基石。

春风大雅能容物，秋水文章不染尘。经典，传承千年而精神不老，流传亘古而馨香益醇。读经典是一个励志、炼心、启智、铸魂的历程。在此中，积累的是语言，培养的是灵性，造就的是智慧，升华的是品质。

学习，继承，发扬，我们义不容辞；诵读，品味，感悟，我们不亦乐乎！

编者

2020 年 8 月

目录

 **第一单元　发扬气节**

1. 志气　2
2. 立场坚定　5
3. 东归英雄　8
4. 忠贞　11

 **第二单元　爱护环境**

1. 保护草原　16
2. 保护水源　19
3. 嘎达梅林　22
4. 敬畏天地　26

Contents

 **第三单元　英勇无畏**

    1. 神箭手　30

    2. 勇敢　33

    3. 不畏艰辛　36

    4. 胆量　39

 **第四单元　仁慈大义**

    1. 珍爱生命　43

    2. 不计前嫌　46

    3. 满都海斯琴　49

    4. 仁爱之心　52

目录

第五单元　谨言慎行

1. 听贤者言　56
2. 语失伤人　59
3. 谨慎做事　62
4. 说话的艺术　65

第六单元　公正守法

1. 改过的机会　69
2. 珍视礼法　72
3. 是非分明　75

Contents

 **第七单元　珍惜名誉**

1. 洁身自好　79
2. 珍惜名声　83
3. 自重　86
4. 名誉无价　89

后记　　　　　93

第一单元

发扬气节

气节是指坚持正义而不妥协，不屈服。"朝闻道，夕死可矣"，揭示的是气节的源泉；"鞠躬尽瘁，死而后已"，归纳的是气节的拓展；"英雄生死路，却是壮游时"，表达的是气节的升华。经过世代培育、弘扬、传承的气节和信念，是数千年来支撑中华民族生生不息、弱而复强、衰而复兴的灵魂和脊梁。

1. 志气

宁可做同胞脚下的泥土，也不当敌人掌上的珍珠。

玉石无衣，钢铁无皮，人身无恒。但是——人要像石与铁，抱着坚硬的志向，前行，再前行！

（选自《中国少数民族谚语分类词典》）

❊ 导读 ❊

人宁可像泥土一样被同胞踩在脚下，也不做敌人的掌上明珠。人贵有铮铮铁骨和高尚的品格，面对危难和享乐的考验时，绝不丧失人格。

爱国

延伸阅读

《论语·子罕》:"三军可夺帅也,匹夫不可夺志也。"意思是军队的首领可以被改变,但是男子汉(有志气的人)的志向是不能被改变的。一个人只有坚定了自己的志向,提升自身的人格和精神上的修养,才能不断地奋发向上。只要有这股信念作为支撑,无论奋斗是否有成果,都不会留下任何遗憾。

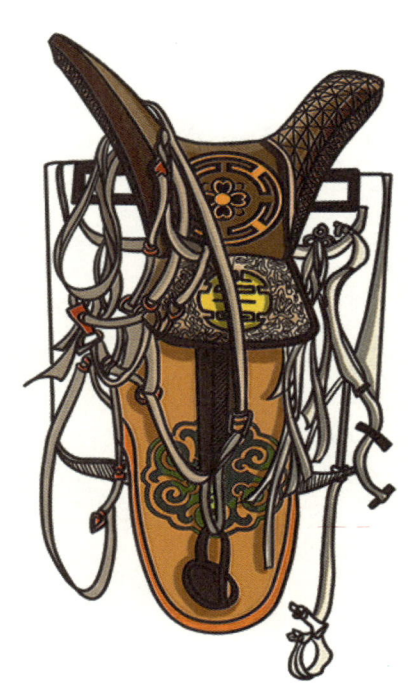

2. 立场坚定

雪中要学山上松，风里不做墙头草。

（选自《中国少数民族谚语分类词典》）

不要破坏了自己的誓约，不要毁坏了自己的决定。

（选自《成吉思汗箴言》）

爱国

❈ 导读 ❈

　　立场，指认识和处理问题时所处的地位和所抱的态度。人们的思想行为总是有一定立场的，不管是自觉的立场，还是不自觉的立场。中华民族的伟大复兴不是一蹴而就的，在实现梦想的路途上，我们将面临数不清的困难和挑战，也将面临意想不到的惊涛骇浪。因此，要想实现中华民族的伟大复兴，我们一定要做到立场坚定、敢于斗争。

延伸阅读

汉语中有"骑墙"一词,表示采取中间立场,以便显示不偏不倚或两边讨好,比喻立场不明确,游移于两者之间,多含贬义。

3. 东归英雄

1771年正月,土尔扈特部蒙古族3.3万余户,16.9万人为了反抗沙俄的压迫,在首领渥巴锡的带领下,偕家带口,赶护牲畜,携运辎重,自沙俄伏尔加河下游起程归国,沿途克服长途跋涉、疾病饥饿等困难,并与沙俄追兵多次展开殊死搏斗,用了半年时间,以近十万人伤亡的代价回到祖国怀抱。他们凭着果敢的精神、坚强的意志和不屈的气节,完成世界史上的伟大壮举!

导读

渥巴锡（1743—1775），清代卫拉特蒙古土尔扈特部首领，阿玉奇汗曾孙。乾隆二十六年（1761）继汗位。1771年1月，渥巴锡率领本部17万人自伏尔加河下游东迁，回到祖先的家园，受乾隆皇帝册封。

爱国

延伸阅读

土尔扈特部,清代厄鲁特蒙古四部之一。18世纪30年代,其部首领率部落牧民及部分杜尔伯特部、和硕特部牧民西迁至伏尔加河下游地区,曾遣使向清朝政府进表贡。清廷对土尔扈特部返归祖国的爱国正义行动十分重视。乾隆帝多次接见、宴请渥巴锡等首领,对其部众也赐以牛羊粮食、衣裘庐帐,并亲撰《土尔扈特部归顺记》《优恤土尔扈特部众记》碑文两篇,立碑于承德普陀宗乘之庙内。同时封渥巴锡为卓里克图汗,其余部落首领也分别给予封爵。

4. 忠贞

在20世纪60年代的蒙古国，当时的政府将几匹马作为礼物送给越南。可第二天一早，人们发现其中的一匹马不见了。

半年之后，一匹又瘦又脏且蹄子上带着许多旧伤新痕的野马，来到了乌兰巴托城郊之外的牧场上。牧马人一早起来，看到它在远远的草地上站着，满心疑惑地靠近之后才发现这匹马竟然在对着自己流泪，大滴大滴的热泪不断滚落下来。虽然这匹马又瘦又脏，但牧马人一眼就认出了它是自己的马。牧马人惊讶之余，激动地抱着马儿放声大哭。

这是匹多么令人心疼和尊敬的马啊！它要走过多远的路，要经过了多少道关卡？还有那许多大大小小数不清的河流，要翻越过一座又一座的高山峻岭！

爱国

蒙古马是草原的灵魂,是在蓝天白云之下奔跑着的自由而高贵的精灵。在颠簸的跋涉中追风而行,当刚毅、坚韧和对主人深深的依恋付诸在蒙古马身上,它便有了足够的勇气不畏艰险回到草原,回到自己的家。

❈ 导读 ❈

忠贞，意味着真心诚意，无二心，不背叛。这体现在对国家、对人民、对事业忠诚；对上级、对家人、对朋友忠诚。诸葛亮自出茅庐，为光复汉室，扶翼正统而奋斗，刘备在白帝托孤时对诸葛亮说："如其不才，君可取之。"但诸葛亮回复："臣敢竭股肱之力，效忠贞之节，继之以死。"他信守承诺，足以展现他的忠贞。瞿秋白同志在被敌人俘获后坚贞不屈，英勇地献出了宝贵的生命，他秉承着对共产主义事业的信仰，即便献出生命也坚持入党时"永不叛党"的誓词，陆定一同志曾将瞿秋白亲切地称为中国无产阶级的无限忠诚的战士。

爱国

延伸阅读

汉·无名氏《古诗十九首》：胡马依北风，越鸟巢南枝。胡马来自北方，故依恋北风；越鸟来自于南方，故巢宿于南枝。动物也会怀念乡土。这两句托物喻意，意为动物尚且如此，人怎能不思念故乡呢？

第二单元

爱护环境

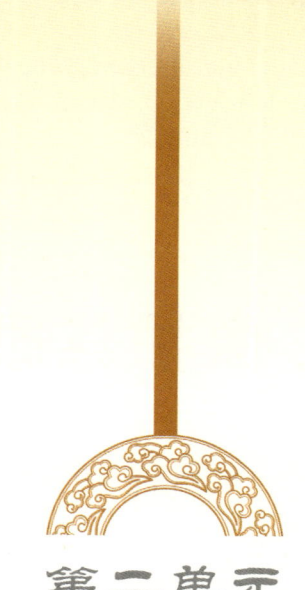

在地球上，人类、植物和动物是一个互相依赖的"生物圈""朋友圈"，谁也离不开谁。人类之所以能在地球上生存是生态平衡的缘故。保护环境就是有意识地保护自然资源并使其得到合理的利用，防止自然环境受到污染和破坏，以创造出适合于人类生活、工作的环境。我们要协调人与自然的关系，让人类与自然和谐相处。保持地球的生态平衡，就是保护人类自身。

1. 保护草原

草绿后挖坑致使草原被损坏的，失火致使草原被烧的，对全家处以刑罚。

（选自《成吉思汗法典》）

❈ 导读 ❈

　　草原是地球生态系统的一种，分为热带草原、温带草原等多种类型，是地球上分布最广的植被类型。草原的形成是因为土壤层薄或降水量少，草本植物受影响小，而木本植物无法广泛生长。中国是世界上草原资源最丰富的国家之一，草原总面积将近4亿公顷，占全国土地总面积的40%，为现有耕地面积的3倍。

延伸阅读

"蓝蓝的天空上飘着白云，白云的下面跑着雪白的羊群。羊群好像是斑斑的白银，洒在草原上，多么爱煞人哟。"蒙古族是热爱草原，依恋故土的民族，这首《牧歌》唱出了蒙古族人对草原的挚爱。

2. 保护水源

不得在河流中洗手，不得溺于水中。

（选自《成吉思汗法典》）

❋ 导读 ❋

蒙古族最初以游牧、狩猎作为最基本的生产方式，这决定了其对水源的绝对依赖。他们认为水是圣洁的，不允许在河水中洗手和沐浴，也不准女人在河水中洗脏衣服，更不能把脏东西丢入河水中。草原上比较干旱，他们依水放牧，保护水源，爱护河流关系到生存，因此十分注重保护水源和节约用水。

延伸阅读

额尔古纳河是蒙古族人的源流,位于今天的内蒙古自治区东北部呼伦贝尔市境内。它的发源地在大兴安岭西麓。在《旧唐书》中称之为望建河,在《蒙古秘史》中称之为额尔古涅河,在《元史》中称之为也里古纳河,在《明史》中称之为阿鲁那么连,自清代开始称之为额尔古纳河。

3. 嘎达梅林

　　北洋军阀推行垦殖，丈量草原土地，驱赶当地牧民，激起了民愤。嘎达梅林所在的达尔罕旗的王爷长居奉天，不仅对被驱赶出家园的民众的命运漠不关心，还主动把达尔罕旗的土地卖给奉系军阀，推动土地丈量。嘎达梅林不满民众被驱逐出草原，前往奉天请愿，希望王爷停止出卖草原的行径。王爷大怒，把他打入死牢。嘎达梅林的夫人牡丹有勇有谋，召集嘎达梅林的亲朋救出了他。他们一道发动起义打击丈量的军阀部队，最终招致大举报复，嘎达梅林在一次围剿中遇害。

　　后来草原上的人们用歌声表达了对这位保护草原的英雄的怀念："南方飞来的

小鸿雁啊,不落长江不呀不起飞。要说起义的嘎达梅林,是为了蒙古人民的土地……"

导读

嘎达梅林（1892—1931），出生于内蒙古哲里木盟达尔罕旗（今通辽市科尔沁左翼中旗）。"嘎达"是蒙古语，意为家中最小的兄弟；"梅林"是其官职，即札萨克达尔罕亲王那木济勒色楞的总兵。

延伸阅读

"南方飞来的小鸿雁呀，不落长江不呀不起飞。要说起义的嘎达梅林，是为了蒙古人民的土地。/ 北方飞来的小鸿雁呀，不落长江不呀不起飞。要说起义的嘎达梅林，是为了蒙古人民的土地。/ 天上的鸿雁从南往北飞，是为了追求太阳的温暖呦。反抗王爷的嘎达梅林，是为了蒙古人民的利益。/ 天上的鸿雁从北往南飞，是为了躲避北海的寒冷呦。造反起义的嘎达梅林，是为了蒙古人民的利益。"

这四段词用了段落重叠的手法，集中抒发了人们对英雄的怀念与崇敬。这是一首建立在蒙古族常用的五声羽调式基础上，由上、下两个乐句构成的短调民歌。音调宽广豪迈、庄重肃穆，既表现了人民群众真挚深厚的感情，又突出了英雄的高大形象。

4. 敬畏天地

长生天，
赋予了蒙古人力量，
让蒙古人征服了东西方的妖魔和邪恶，让牧人们享受自由、安康和吉祥。

（选自《成吉思汗箴言》）

❈ 导读 ❈

敬畏是人生的大智慧，不仅是一种人生态度，也是一种行为准则。

孔子曰："君子有三畏，畏天命，畏大人，畏圣人之言。小人不知天命而不畏也，狎大人，侮圣人之言。"这里所谓"畏"就是敬畏，人生无所畏，实在危险，人应有敬畏之心。

延伸阅读

北方草原地域辽阔，蒙古族人受其生存的地理环境的影响，形成了比较辽阔的空间意识，如"天似穹庐，笼盖四野"，"上边是天父，下边是地母"。辽阔的背景，严酷的生存环境，使蒙古族人感觉到生命的渺小、脆弱、珍贵，他们与自然、动物之间产生了强烈的"共命运"感。因为具有强烈的"共生"意识，生命之间彼此关联，所以在蒙古族传统文化中，人与其他生命体之间属于一种介入式情感关系，如《蒙古族祭灶词》中有"上有腾格里之熳火，下有额托格地母之热力，以精铁为父，以榆林草木为母。"生命之间彼此类比，构成一种强烈深沉的情感关系。

第三单元

英勇无畏

　　勇敢是一种品质，勇敢是一种智慧，勇敢是一种力量，勇敢是一种自信。敢于直面人生，敢于直面困难，你就拥有了勇敢的心灵。在我国传统文化中，人们非常重视勤劳勇敢的优良品格。

1. 神箭手

成吉思汗曾说:"有别里古台之力,哈萨尔之射,皆我所藉以取天下也。"

成吉思汗特别看重与他患难与共的胞弟哈萨尔。在每个重要关头,哈萨尔都英勇无畏,挺身而出,化险为夷。没有哈萨尔鼎力相助,就没有成吉思汗的大业。

哈萨尔自幼箭技超人,身健力魁,一生英勇善战。据记载,成吉思汗要他射一只空中翱翔的秃鹫,百发百中的哈萨尔问:"你要我射中秃鹫的哪个部位?"成吉思汗说:"要射中其头部黄纹与黑纹之间。"哈萨尔即张弓搭箭射去,秃鹫应声一头栽了下来。经过查看,箭射中的部位恰恰是成吉思汗所要求射中的部位。

❖ 导读 ❖

哈萨尔，生于1164年，全名为哈布图哈萨尔，是成吉思汗的弟弟，蒙古汗国的大将，肃北蒙古族的先祖。在辞书上，一般都以"合撒儿"的名字出现。哈布图哈萨尔以神射著称，加之勇猛善战，忠心耿耿，为蒙古帝国的建立做出了不朽的功勋。

创业

延伸阅读

射箭,蒙古语称"苏日哈日布那",是蒙古男儿三艺(骑马、射箭、摔跤)之一。神射手在草原上享有很高的荣誉。蒙古族传统弓箭制作技艺已有八百年的历史,蒙古骑兵用强弓征服了世界。弓箭被尊为冷兵器之王。

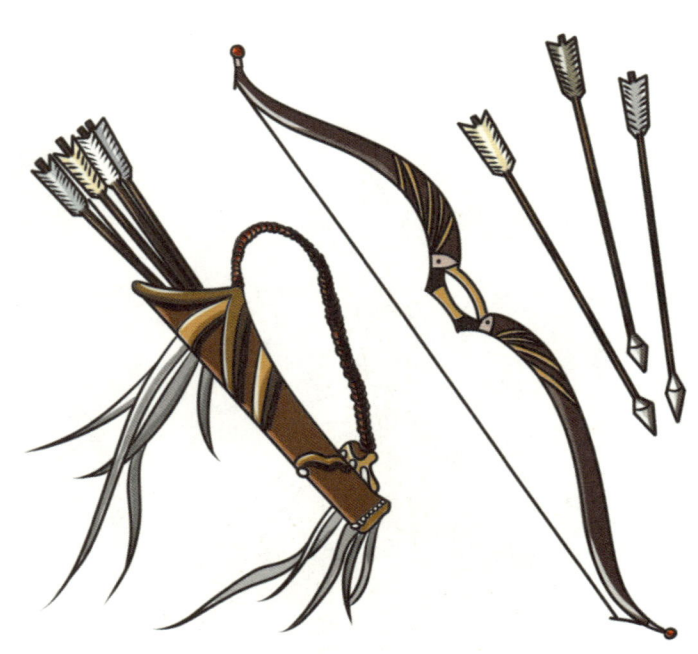

2. 勇敢

成吉思汗对将士们说:
"像灌木丛般地前进,
摆开海子般的阵势,
像凿子般地攻进去!"

(选自《成吉思汗箴言》)

敬业

❋ 导读 ❋

　　文中是对成吉思汗在与乃蛮部作战时采取战术的全面而生动的表述。乃蛮部是古代突厥部落，于11世纪开始居住在蒙古高原西部。牧地在阿尔泰山之南，北接斡亦剌惕，西接回鹘，说突厥语族语言，使用畏兀儿文字。乃蛮故地（今阿尔泰山以南及稍偏西的一些土地）在1225年被成吉思汗封给其子窝阔台，1309年窝阔台汗国被察合台汗国及元朝瓜分。

◨ **延伸阅读** ◨

孔子说:"知者不惑,仁者不忧,勇者不惧。"意为不断地求取知识,以减少自己对世界事物而产生的困惑。真诚地待人如己,不再为个人得失而忧愁。勇敢地实践前行,不再畏惧任何困难。勇敢就是不怕危险,不怕困难,有勇气,有胆量,不退缩;勇敢就是无所畏惧,勇担责任,充满魄力,果敢行动,临危不惧,大义凛然。一个人面对各种困难时要先学会勇敢。

3. 不畏艰辛

贪恋水草丰美的地方，锻炼不出勇敢的牧人，只有在狂风暴雨里，才能真正获得牧人的称号。

（选自《蒙古族谚语》）

❈ 导读 ❈

蒙古族被誉为马背民族，成吉思汗和元朝时代横跨欧亚的广袤土地都是马蹄耕耘的。在大漠，在高原，骑手们无时无刻不在与恶劣的气候环境作斗争。草原上通常用蒙古马的特质来比喻"吃苦耐劳、一往直前，不达目的决不罢休"的精神。这种精神被誉为蒙古马精神。

敬业

延伸阅读

每个人都会遇到困难与挫折,只有不畏困难,勇往直前,才能成就精彩灿烂的人生。鲁迅先生非常推崇勇敢探索的品格,他曾说:"什么是路?就是从没路的地方践踏出来的,从只有荆棘的地方开辟出来的。"

4. 胆量

成吉思汗说，我的士兵应该有这样的胆量，成为这样的人：

胸中卧有铮铮虎胆，心中藏有雄心之人；

唇齿之间迸发傲气，躯体健壮骁勇之人。

导读

　　胆量是人生必不可少的。在未知的世界中，每一步的尝试都有可能是失败的深渊。所有的事情在做之前，都胜败难料，一切都要做了才能够见到分晓。这就需要十足的胆量，需要无所畏惧的勇气。没有胆量去尝试当然避免了失败，但也不会有成功的喜悦与欢欣。成功与失败同在，是未知世界的邻居。胆量是敲门的动力，只有大胆地去敲门，才会走进他们的庭院。也许你敲开的是失败之门，但是你接着敲下去，成功之门就会向你敞开。

延伸阅读

怯薛又称怯薛军，指代蒙古帝国和元朝的禁卫军，是成吉思汗亲自组建的一支军队，由百人的贴身护卫发展为一万人的勇猛军队，包括一千名宿卫，一千名弓箭手和八千名散班。战时，怯薛直接听从可汗号令，每当可汗前往战场，必有怯薛护驾。怯薛平时则负责管理事宜，包括督导宫廷执事、照顾马匹及维护辎重。成吉思汗所建怯薛共一万四千人。《元史·兵志二》："怯薛者，犹言番直宿卫也。"

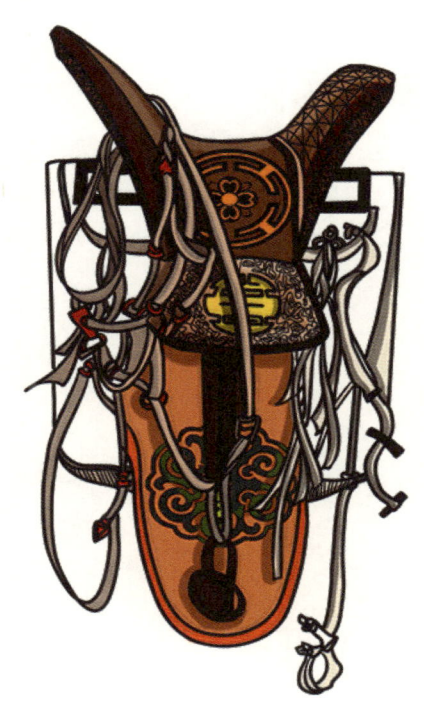

第四单元

仁慈大义

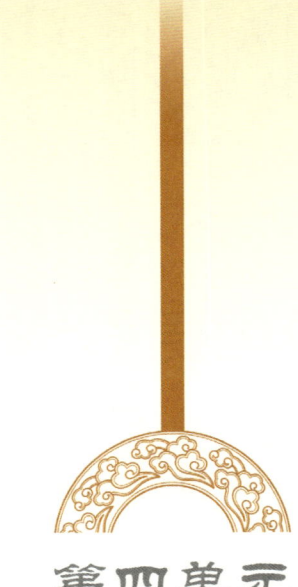

　　宽容和仁慈对个人或国家非常重要，没有宽容和仁慈就会产生难以想象的后果。仁慈是人生的雨露甘霖。仁慈是洞穿漆黑的一缕阳光，是心与心的亲和与信任，是爱与爱的共振与交融。

1. 珍爱生命

狩猎结束后，要对伤残的幼小的和雌性的猎物进行放生。

（选自《成吉思汗法典》）

如果我的宗族中有人违背了札撒，在未经与全体长幼兄弟们商量前，不得戕害他的生命。

如有打马头者，如有刺马眼者，要绳之以法、严加处置！

（选自《成吉思汗箴言》）

导读

忽必烈即位之初就曾宣示臣下："朕治天下，重惜人命，凡有罪者，必命对再三，果实而后罪之。"

1252年，蒙哥汗任命牙鲁瓦赤等人为赋税官。牙鲁瓦赤为了催缴赋税，上任第一天，便杀了二十八人。忽必烈得知后，严厉斥责赋税官草菅人命的行为："凡死罪，必详谳而后刑，今一日杀二十八人，必多非辜！"（《元史》）赋税官低头认罪。这是蒙古汗国的重臣因滥杀而遭忽必烈惩罚的先例。

延伸阅读

《护生诗》:"莫道群生性命微,一般骨肉一般皮。劝君莫打枝头鸟,子在巢中盼母归。"早在唐代,大诗人白居易就写下了这首劝诫诗,劝导人们爱惜鸟类,体现善良仁慈之心。一粒种子,一只蚂蚁,都联系着一条小小的生命,在中华五千年文明历史中,是人类用一颗热爱生命的恒心,造就了一条文明的生命之河。

文明

2. 不计前嫌

在一次宴会上，八苏德部的吉尔古嘎岱突然跪下来对铁木真说道："早先我和岱其古德人一起把您心爱的血红马射死，您也明明知道是我干的，可今天为何如此宽待我？"铁木真说："身为仇敌而来看我，这是好汉的作为。这样的好汉我从来都把他当作兄弟，从心眼里器重他，哪里还能记得过去的仇呢？"吉尔古嘎岱听后十分感动并归附了铁木真。铁木真将他的名字改为哲别，任命他为指挥使。

❈ 导读 ❈

哲别原名只儿豁阿歹，蒙古别速部人，蒙古帝国名将。最初，他臣服泰赤乌部，后追随成吉思汗，御赐名哲别（蒙古语，箭之意）。哲别骁勇善战，由十户长屡升至千户长，先后随成吉思汗破金和西征。

文明

延伸阅读

不计前嫌,意为不计较以前的仇怨和过错。不计前嫌、克己让人、以德报怨,是中国人在处理人际关系时常常采用的一种好方法。如果没有与人为善的愿望,没有博大的胸怀、豁达的胸襟和宽容的气度,是很难做到不计前嫌的。因此,我们在平时就要加强这方面的自我修为。

3. 满都海斯琴

15世纪末,草原上有一位聪明、美丽、善良的蒙古族姑娘满都海斯琴,就在她与英俊潇洒的科尔沁王乌嫩博罗特即将举行婚礼的时候,年迈多病的满都古勒可汗令满都海进宫做可汗夫人。

面对着情深意长的恋人和民族兴旺的责任,满都海毅然地选择了后者。入宫后,她凭着聪明才智平息了一百多年来蒙古部落的内部战乱。

可汗病逝后,失拉等人妄想夺得可汗宝座,制造更大的战乱。危难之际,满都海当机立断宣布下嫁年幼的小可汗,维护了草原的统一与和平,却再次放弃了与心上人相聚的机会,牺牲了自己一生的爱情。

诵读·蒙古学经典

❈ 导读 ❈

草原上的女人不爱红装爱武装。满都海斯琴，生于1448年，像鲜花般在草原上盛开，是一位胸怀如同草原般开阔的蒙古族女性，为了成吉思汗黄金家族的延续，她断然舍弃个人幸福，成为了继承成吉思汗之后第二位统一蒙古高原的人。

延伸阅读

和满都海斯琴一样杰出的还有王昭君、孝庄文皇后。西汉竟宁元年（前33）南匈奴首领呼韩邪来长安朝觐天子，以尽藩臣之礼，并自请为婿。元帝遂将宫女王昭君赐给了呼韩邪单于。单于上书表示愿意永保塞上边境安宁。王昭君抵达匈奴后，被称为宁胡阏氏。呼韩邪单于去世，王昭君向汉廷上书求归，汉成帝敕令"从胡俗"，依游牧民族收继婚制，复嫁呼韩邪单于长子复株累单于昭君出塞，不但结束了匈奴多年的分裂和战乱，加强了双方的交流，而且为中原王朝的大一统奠定了基础。

孝庄文皇后，蒙古科尔沁部人，天命十年（1625）嫁给皇太极为侧福晋；崇德元年（1636）皇太极在盛京称帝后，受封为永福宫庄妃；崇德三年生皇九子福临（顺治帝）。她是中国历史上有名的贤后，一生培养、辅佐顺治、康熙两代皇帝，是清初杰出的女政治家。

4. 仁爱之心

君者虽有大权，但无仁爱之心，则得不到众人之尊敬；

臣者虽有九德，但无善良之心，就像恶狼一样被嫌厌。

（选自《成吉思汗箴言》）

导读

仁者爱人，常怀仁爱之心，要懂得照顾他人，能体察别人的感受；要懂得谅解他人，能同情别人的处境。

懂得关怀别人，是成长的真正开始。当我们搬开别人脚下的绊脚石时，也许正是在为自己铺路。

诸恶莫做，众善奉行，莫以善小而不为，莫以恶小而为之。存好心，说好话，行好事，人有善念，天必佑之。

自私的心田里，永远长不出幸福的花朵。一切美的基础，在于一颗仁爱而乐于助人的心。天堂就在"仁爱"里，一颗仁爱的心，一个有仁爱的家，一个有仁爱的社会，一个有仁爱的世界，就是天堂。

延伸阅读

仁爱，谓宽仁慈爱；爱护、同情的感情。语出《淮南子·修务训》："尧立孝慈仁爱，使民如子弟。"

《史记·袁盎列传》中有："仁爱士卒，士卒皆争为死。"

第五单元

谨言慎行

古人云：言为心声。有智慧的人，在一言一行之中都当谨慎，在说话和做事的时候会进行周密的思考，让言行尽善尽美，这也是一个人的智慧。《道德经》中有这样一句话：善行，无辙迹；善言，无瑕谪。

1. 听贤者言

经过三位以上贤人一致认可的话为可靠的话。民众要慎言,在说每一句话之前都应当同贤人的话进行比较,同时,也应该把别人的话同贤人的话进行比较,如果合适,就可以说,否则就不应当说。

(选自《成吉思汗法典》)

❈ 导读 ❈

成吉思汗十分尊崇贤者，不论民族与身份。比如满腹经纶、修养深厚的丘处机和契丹贤臣耶律楚材。成吉思汗在西征时，就派出使者去见丘处机。在一封书信中，大汗表达了自己对丘处机的仰慕之情，还特别提到周文王与姜太公的渭水同车，刘玄德对诸葛亮的茅庐三顾。蒙古军攻占燕京时，成吉思汗得知耶律楚材才华横溢、满腹经纶，遂派人向他询问治国大计，之后任命其为辅臣。

诚信

延伸阅读

《论语·里仁》:"见贤思齐焉,见不贤而内自省也。"意思是看见有德行或才干的人就要想着向他学习,看见没有德行的人,自己的内心就要反省是否有和他一样的错误。它告诉我们每个人要向身边那些优秀的人学习,这些优秀的方面不仅包括学习、工作,还有个人品质与做人的态度、方法,多向那些比自己有才华、有能力的人学习,常常反思自己的不足,这样才能使自己更快地成长,成长为更加优秀的自我。

2. 语失伤人

抑制自己的气焰，要比杀死一只狮子强，单靠自己的愤怒，能够制服什么人？

（选自《成吉思汗箴言》）

❈ 导读 ❈

　　成吉思汗认为：说话时要想一下，这样说妥当吗？无论是认真地说出去或者开玩笑地说出去，再也收不回来了。正文中的内容就是这个道理。

　　蒙古族有一句谚语：未经思考说出的话，好比未经瞄准射出的箭。这个谚语讲的也是这个道理。

延伸阅读

民谚有"良言一句三冬暖,恶语伤人六月寒"之说,它告诉我们要学习用"爱语"结善缘,很多时候一句同情理解的话,能给人很大安慰,增添勇气,即使身处寒冷的冬季也能感到温暖。而一句不合时宜的话,就如一把利剑,刺伤人们脆弱的心灵,即使在酷热的六月,也能感到阵阵的严寒。说话前要三思,敏事慎言,话多无益。话到舌尖留半句,这是正人君子的信笃。

3. 谨慎做事

行善在心,办事在慎。

(选自《中国少数民族谚语分类词典》)

❋ 导读 ❋

人心要善良忠厚，才能做好事行善；做了要稳重谨慎，三思而后行。

孔子曾说："先行其言而后从之。"子贡问怎样才能做一个君子。孔子指出，对于你要说的话，先实行了，然后说出来，这样才能做到最大限度的谨慎。

谨慎是一种生活的态度和倾向。持有此种态度的人，会对事物做整体的、细节性的考虑，小心评估利弊得失，并且反复思量自己的决定和行动所产生的结果。谨慎是做人的优秀品质。

延伸阅读

《礼记》：谨于言而慎于行。意思是说话要谨慎，行为要经过深思熟虑。

宋代胡宏《胡子知言》：行谨则能坚其志，言谨则能崇其德。指的是做事谨慎，则使内心更加坚定；说话谨慎，则使品德更加高尚。

4. 说话的艺术

成吉思汗教育子孙和属下要团结,用了这样一个故事:

从前,有一条千头独尾蛇,因众头四向乱窜,遇车终被压死;还有一条千尾独头蛇,因众尾随头而行,遇车躲进洞里,结果安然无恙。

❈ 导读 ❈

　　自古至今，语言充满着独特的魅力和无穷的力量，它作为人际交流必不可少的工具在人类历史的长河中一直发挥着不可替代的作用。

　　说话是一门技巧，更是一门艺术，一句恰到好处的话，可以改变一个人的命运；一句言不得体的话，可以毁掉一个人的一生。掌握说话的艺术，言语真实不欺，将想法表达出来才能立信于人。

延伸阅读

《左传》：言之无文，行而不远。形容语言没有修饰，就不能流传很远。

汉代刘向在《说苑·善说》中说："昔子产修其辞而赵武致其敬，王孙满明其言而楚庄以渐，苏秦行其说而六国以安，蒯通陈其说而身得以全。夫辞者，乃所以尊君、重身、安国、全性者也。"这也在强调说话方式的重要性。

第六单元

公正守法

公正是按照一定的社会标准、正当的秩序合理地待人处事,是制度、体系和组织的重要道德品质。公正守法是人类社会的共同追求,也是衡量社会文明与进步的重要尺度。

1. 改过的机会

成吉思汗说：

"我们的兀鲁黑中，若有人违犯已确立的札撒，初次违犯者，可口头教训。第二次违犯者，可按必里克处罚，第三次违犯者，即将他流放到巴勒真－古勒术儿的遥远地方去。此后，当他去了那里再回来时，他就觉悟过来了。如果他还是不改，那就判他戴上镣铐送到监狱里。如果他从监狱中出来时学会了行为准则，那就较好，否则就让全体远近宗亲聚集起来开会，以作决定来处理他。"

（选自《成吉思汗箴言》）

导读

札撒：蒙古语，意为法令。必里克：蒙古语，意为箴言。

"改过不吝"最早见于《尚书》，"从善如流"出于《左传》。大意是改正错误毫不吝惜，听从善言就像水流向低处一样迅速自然。

苏轼把这两条古训合而为一，在《上皇帝书》中说："改过不吝，从善如流。此尧、舜、禹、汤之所勉强而力行，秦汉以来之所绝无而仅有。"可见他是作为一项很高的道德修养来提的。"改过"而"不吝"，"从善"而"如流"，确实不易做到。这两句话对当今的思想教育仍有积极意义。

🔶 延伸阅读 🔶

兀鲁黑指蒙古人出征时,留在后方的家属、辎重,译作"家小""老营"。

兀鲁黑也是元代官名,专管辎重、后勤事务,又称"奥鲁"。

公正

2. 珍视礼法

成吉思汗说:
"旧衣服破碎了就刮在草丛上,
　礼法若是断绝,可汗就和黔首等量齐观。
　新衣服裂开了就刮在蒿子上,
　礼法若是断绝,可敦就和婢女不分高下。"

(选自《成吉思汗箴言》)

❀ 导读 ❀

黔首，战国和秦代对百姓的称呼。黔，黑色。秦代尚黑，故名。

文中成吉思汗用衣服做比喻，衣服坏了在所不惜，可是礼法坏了，就乱了规矩，无高低贵贱之分了。

公正

延伸阅读

礼法：礼仪法度。《商君书·更法》："及至禹、汤、盘庚、武丁，各当时而立法，因事而制礼，礼法以时而定，制令各顺其宜。"

中国自古是一个讲究礼仪的国度，礼仪在我国社会政治文化生活中占有很重要的位置。早在先秦时代，我们先人就建立了一套完备的礼仪。礼法是传统中国法律体系的重要遵循，始终以某种精神的约束力支配着每个人的行为。人们积极学习礼法是适应时代发展、促进个人进步的重要途径。

3. 是非分明

成吉思汗对断事官员们说:
"可汗的社稷,
不能在黑暗中得圆满。
不能被友伴们所侵蚀。
要一心一德地去做事。
小心不要偏袒了任何一方。
所说的不得有差别。
未犯重罪的,
不得从重刑罚。
不要让所有声辩的人哀号,
不要让善于言词的人闪烁诡辩。"

（选自《成吉思汗箴言》）

❈ 导读 ❈

　　断事官，蒙古语叫作"札鲁忽赤"，是蒙古帝国最早设置的政务官，在前期的政府职能中有着重要的地位。

　　《元史·百官志》载："元太祖起自朔土。统有其众，部落野处，非有城郭之制；国俗淳厚，非有庶事之繁。惟以万户统军旅，以断事官治政刑，任用者不过一二亲贵重臣耳。"可见断事官的主要职责是执行国家的法律，是与万户并列的重要官职。最初，其管辖范围是相当广泛的，不限于掌管刑狱。

🔲 延伸阅读 🔲

是非分明，语出班固《汉书·刘向传》："故贤圣之君，博观始终，穷极事情，而是非分明。"最重要的家教，是教会孩子明辨是非。

"明辨是非"这四个字看似容易，实则真正能够做到的人极少。明辨是非是我们自身需具备的一项非常重要的素质。

公正

第七单元

珍惜名誉

　　人生在世，无论做人还是做事，都要自尊自重，都要爱惜自己的名誉。荣誉感是人类最高尚的感情之一。名誉标志着一个人的生命价值，爱惜名声是一个人应有的品行。名誉的价值远高于物质和金钱。崇尚荣誉是人生的指南针，能让我们看清人生的方向。

1. 洁身自好

圣主成吉思汗的女儿阿剌合·别乞将要出嫁，成吉思汗教育她说：

"身体是短暂的；
名誉是永存的！

诚信

没有一个好友，比自己一颗聪明、智慧的心更好；

没有一个恶敌，比自己忿怒、歪曲、毒恶的心还坏！

可以信赖的虽多，总不比自己的身体更可靠；

称为心腹的虽多，总不比自己的良心更可亲；

值得爱惜的虽多，总不比自己的生命还宝贵！

洁身自好，自然性习良好；

注意学习，必定永远成功。"

（选自《成吉思汗箴言》）

导读

成吉思汗派遣忽必来征讨合儿鲁兀惕部，其汗阿儿思阑不战而降。忽必来带他来谒见成吉思汗。成吉思汗因他不战来归，大加恩赐，并且把女儿阿剌合·别乞下嫁给他。文中的内容是成吉思汗在女儿出嫁前，教育女儿的一番话。

诚信

延伸阅读

洁身自好，意为保持自身的纯洁，不同流合污。语出《孟子·万章上》："圣人之行不同也，或远或近，或去或不去，归洁其身而已矣。"意思是圣人的行为方式是不同的，有的远避，有的亲近，有的离去，有的不离去，归根究底洁身自好而已。

2. 珍惜名声

成吉思汗对长子术赤、二子察合台说："不要践踏了自己，要使你们的语言，成为永恒的诺言。不要让百姓所嘲讽，不要让人民所耻笑。"

（选自《蒙古秘史》）

诚信

❀ 导读 ❀

　　蒙古族有一句谚语：孔雀珍惜花翎，好人珍惜名声。漂亮的孔雀珍惜自己的花翎，品德高尚的人看重自己的名声。意在指人的名声还好坏，代表着人的品德。人贵在有为人们颂扬的美名，要像珍惜生命一样珍惜自己的名声。

延伸阅读

明代于谦的《石灰吟》:"千锤万凿出深山,烈火焚烧若等闲。粉骨碎身全不怕,要留清白在人间。"倡导珍视名声,清清白白做人。

成语有"冰清玉洁",意思是指像冰那样清澈透明,像玉那样洁白无瑕。比喻人的操行清白。

诚信

3. 自重

别人的谗言,难损坏你的名声;自己的言行,易破坏你的声誉。

(选自《中国少数民族谚语分类词典》)

导读

别人说坏话，损坏不了你的名声；自己的所作所为，容易败坏自己的声誉。名誉的好坏，取决于自身的言行。

自重：注意自己的言行。语出苏轼《与蹇序辰书》：惟万万为国自重。自重就是做人必须先尊重自己，谨言慎行，尊重自己的人格，别人才会尊重你。自重者然后人重，人轻者便是自轻。（《增广贤文》）

延伸阅读

山自重，不失其威峻；海自重，不失其雄浑；人自重，不失其尊严。

4. 名誉无价

荣誉重于金子，名声胜过宝石。

（选自《中国少数民族谚语分类词典》）

诚信

导读

　　荣誉比金子要重要的多，名声比宝石珍贵的多。荣誉与名声是无价之宝，要像珍惜最宝贵的东西一样，珍惜自己的名誉和名声。

　　屈原在《渔父》中说："新沐者必弹冠，新浴者必振衣。安能以身之察察，受物之汶汶者乎？宁赴湘流，葬于江鱼之腹中。安能以皓皓之白，而蒙世俗之尘埃乎？"表达了其名誉重于生命的价值观。

延伸阅读

曹植《光禄大夫荀侯诔》:"如冰之清,如玉之洁。"后有成语"冰清玉洁",比喻人品高洁或为官清明公正。

后记

何为价值观？自人猿相揖别，生活越来越复杂，矛盾冲突也越来越频繁，如何安排人与自然、人与人之间的关系，这就需要种种规则。在规则框架中，利益、立场不同的人取得共识，理解、认同、执行规则，这就是价值观。如果说人类社会的过去、现在、未来是一条奔流不息的长河，那么价值观就是随之蜿蜒的河岸，它立足于河流，又约束着河流。在中国这片土地上，河流至今，几经曲折后，星垂平野阔，浩浩去无际。中华民族复兴之鹄的，就在国富民强，就在重立于文明之巅；法治、公正、平等、自由，则是现代文明的核心基质，也是规矩之所在；友善、诚信、敬业、爱国，如果每一个身处其中的个体，乐在其中，欣悦践履，那么普世和谐、天下大同就不再是梦想，而是心驰神往的现实。你怎么看这个世界，这个世界就会是什么样的。人们怎么去审视自己的责任，如何去看待自己的家与国，如何瞻望这片土地的未来，将决定复兴之路能走到哪里、走多远。

观念非无源之水，它来自于生活，提纯经验，凝结智慧，附丽于经典，如薪火般相传于口耳。人类柔弱堪比芦苇，之所以有今天的璀璨文明，全因那是一株株会思想、有传承的芦苇。莽莽北方草原，千百年来，经历过干旱、风雪、蝗虫狼鼠之灾，也饱受战乱之害。那些横跨东西万里的草原行国，盛时如火如荼，衰时如青烟袅袅，俯视王朝兴替的蓝天白云依旧，背负过客匆匆脚步的草原依旧。草原上的人们跟着牛羊从夏天走到冬天，毡帐搭了又拆，旭日升皓月落，一季草荣一季草枯。流年改变了人们的容颜，改变了人们的生活，甚至改变了大地本身的模样，但总有一些存在无法改变。流传在蒙古包里的民间俗谚、歌谣、成吉思汗箴言与大札撒，长者们呕心沥血收藏教授的《蒙古秘史》《黄金史纲》《青史演义》……人类的智慧之光，在不同的地方会有不同的形状，但是，就像潭中月与海上月，都是天心月的投影，彼此有共通之处。草原文化里的言语教训与社会主义核心价值观有着体裁、语言等形式上的差异，然而在本质上却是一脉相承、声气相投。

经过岁月的涤荡淘洗，得以流传下来的蒙古族思想成果弥足珍贵。这些教人向善、促人奋进、引人入胜的言语，是阿布、额吉们祖祖辈辈间的老生常谈，也是我们持守的集体记忆。翻开书，抛开种种成见，以平常心读这些来自岁月深处的前人留言，听一听，他们向往的生活究竟是什么样的。之后，也许你对自己、对世界，会有一点不一样的想法。